샘터어린이

샘터가 소망하는 우리 아이들의 얼굴입니다.
이 행복한 마음 담아 여러분 곁으로 찾아가겠습니다.
www.isamtoh.com

일러두기

이 작품은 최순애 시인의 시 「오빠 생각」을 모티브로 한 동화입니다.

# 오 빠 생 각

박상재 글
김현정 그림

샘터

봄바람이 불어왔습니다.

순이네 집 텃밭에 살구꽃이 활짝 피었습니다.

순이네 집이 등불을 켠 것처럼 더 환해졌습니다.

살구꽃이 피니 일본에 간 오빠가 더 보고 싶어졌습니다.

순이는 과수원으로 아버지를 찾아갔습니다.

아버지는 꽃망울이 맺힌 사과나무 밑에서 일을 하고 있었습니다.

"아버지, 오빠는 언제 와요?"

"오빠는 여름이나 되어야 온단다."

"이제 새 학기가 시작되었으니, 백 밤도 더 자야 오겠네요."

"우리 순이가 오빠가 많이 보고 싶은가 보구나."

순이는 대답 대신 고개만 끄덕였습니다.

삼일여학교 2학년인 순이는 늦잠을 잤습니다.

"어서 밥 먹고 학교에 가야지."

어머니가 밥상머리에 앉은 순이를 채근했습니다.

"밥 먹기 싫어. 맛이 없어."

순이는 떼를 부렸습니다.

"우리 순이가 봄이 되니 입맛이 없나 보구나."

아버지는 몸이 약한 순이가 가여웠습니다.

아버지는 떼를 쓰는 순이가 귀여웠습니다.

"순이야, 학교에 가서 노래도 배우고, 글도 배워야지."

"학교에 가기 싫단 말이에요."

아버지는 순이가 황새 같은 다리로 학교에 가는 게 안타까웠습니다.

'내가 순이를 학교 근방까지 데려다주어야지.'

아버지는 순이를 학교 앞까지 업어다 주었습니다.

순이는 단짝인 홍이와 학교를 마치고 교문을 나섭니다.

둘이는 책보를 허리에 동여매고 집으로 향합니다.

"우리 저기 방화수류정 활터까지 올라가 볼까?"

순이가 홍이에게 말합니다.

"그래 좋아. 그곳에 오르면 경치가 아주 좋아."

둘이는 방화수류정을 향해 올라갑니다.

"그런데 순이야, 방화수류정이 무슨 뜻이야?"

홍이가 눈을 반짝이며 묻습니다.

"울 오빠가 그러는데 '꽃을 찾고 버들을 따라 노닌다'라는 뜻이래."

순이가 자랑스럽게 말합니다.

화홍문과 방화수류정 사이에는 '용연'이라고 불리는 연못이 있습니다.

용연에는 용머리처럼 생긴 용두 바위가 있습니다.

"옛날에 저 연못에 용이 살아서 용연이래."

순이는 오빠에게 들은 말을 전해 줍니다.

"와, 정말 무서운 용이 살았을까?"

홍이가 두려운 표정을 지으며 말했습니다.

"용두 바위 위에 있기 때문에 방화수류정을 '용두각'이라고도 부른대."

순이는 오빠에게 들어 아는 것이 정말 많습니다.

순이네 오빠는 서울에서 학교를 다니다 일본으로 유학을 갔습니다.

방학이 되어 집에 오면 순이를 데리고 다니며 이야기를 많이 해 줍니다.

홍이는 그런 오빠가 있는 순이가 여간 부럽지 않습니다.

용두각은 수원 화성에서 가장 높은 누각입니다.

방화수류정 주변에는 능수버들이 우거져 있습니다.

사람들은 용두각에 올라 용연의 멋진 경치를 즐겼습니다.

정조 임금은 이곳에서 활쏘기를 했다고 합니다.

주변의 아름다운 경치를 보고 시를 지었다고도 합니다.

언덕길에는 제비꽃, 민들레꽃, 씀바귀꽃이 많이 피어 있습니다.

순이는 제비꽃 몇 송이를 따서 홍이의 머리에 꽂아 줍니다.

홍이도 민들레꽃 몇 송이를 따서 순이의 머리에 꽂아 줍니다.

둘이는 흥얼흥얼 봄노래를 부릅니다.

순이와 홍이는 방화수류정 위에 올라

정자 밑의 용못을 굽어봅니다.

물오른 버드나무를 바라보며

옛날에 이곳에서 활을 쏘던 임금님을 생각합니다.

"전하! 명중이옵니다."

줄지어 늘어선 신하들이 기뻐하는 모습도 떠오릅니다.

멀리 광교산 시루봉을 바라봅니다.

문득 아름다운 경치를 그려 보고 싶습니다.

순이는 책보를 풀어 도화지와 크레용을 꺼냅니다.

"홍이야, 우리 같이 그림 그리자."

순이는 홍이에게도 도화지를 한 장 내밉니다.

"자, 크레용으로 색도 칠해 봐. 오빠가 사 보낸 거야."

"고마워 순이야. 조심해서 쓸게."

홍이는 크레용까지 선뜻 빌려주는 순이가 고마웠습니다.

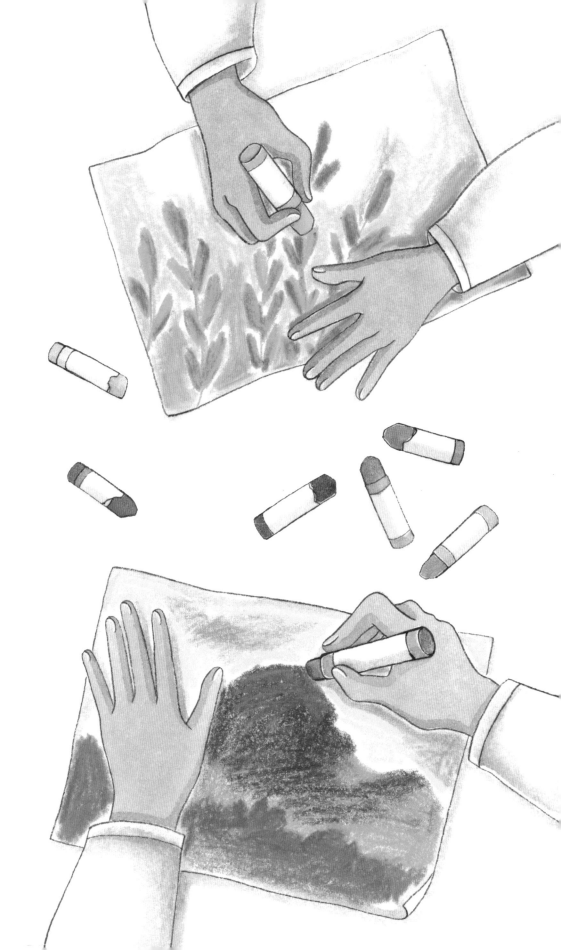

여름방학이 되었습니다.

홍이를 만난 순이가 말했습니다.

"홍이야, 어제 저녁 때 광교산에 무지개 뜬 것 봤어?"

"아니, 못 봤어."

"우리 광교산에 한번 올라가 볼까?"

"그래, 좋아. 그곳에 가면 무지개를 만날 수 있을지도 몰라."

순이는 엄마 몰래 도시락도 준비했습니다.

둘이는 징검다리를 건너고 언덕을 올랐습니다.

힘들게 언덕을 올랐지만 광교산은 멀리 있었습니다.

"아버지가 그러시는데 광교산 골짜기에는

토끼와 노루가 물 마시러 오는 약수터도 있대."

순이의 말에 홍이도 맞장구를 칩니다.

"우리 어머니도 그러는데 그 약수를 먹으면 건강해진대."

"그럼 우리 그 약수터를 찾아가 보자."

둘이는 잰걸음으로 광교산 골짜기까지 올라갔습니다.

배가 고팠습니다. 둘이는 개울가에 앉아 도시락을 먹었습니다.

해가 뉘엿뉘엿 서산마루로 지려고 했습니다.

"순이야, 빨리 집에 가고 싶어."

"알겠어. 나도 그만 돌아가려고 했어."

순이는 숲에서 도깨비라도 나타날 것 같아 무서워졌습니다.

그래서 걸음이 더욱 빨라졌습니다.

아이들은 잰걸음으로 산길을 내려왔습니다.

내리막길에서 몇 번이나 미끄러졌습니다.

무릎에 상처가 나서 아리고 쓰렸습니다.

"엄마, 무서워."

홍이는 울먹울먹했습니다.

"홍이야, 무서워하지 마. 우린 둘이잖아."

순이가 무서움을 참으며 말했습니다.

"너희들 어디 갔다 오는 거야. 아이들끼리 다니면 위험한데……."

턱수염을 기른 할아버지가 걱정스럽게 물었습니다.

"광교산 약수터를 찾아가다가 돌아오는 길이에요."

순이가 울먹이며 말했습니다.

"집이 어디인데?"

"용두각 부근에 있는 과수원 집이 얘네 집이어요."

홍이도 울먹거리며 말했습니다.

"곧 날이 어두워지면 길을 잃을지도 모른다.

내가 바래다줄 테니 나를 따라오너라."

수염 할아버지가 아이들을 데리고 앞장을 섰습니다.

멀리 용두각이 보이고 과수원 뒷동산이 보였습니다.

홍이는 발이 아파서 더는 못 가겠다고 훌쩍훌쩍 웁니다.

순이도 더는 못 걸을 것 같아 소나무 곁에 앉았습니다.

할아버지도 곁에 와 앉으셨습니다.

"안 되겠다. 너희들 여기서 좀 쉬고 있어라.

내가 빨리 가서 어른들을 모시고 올게."

두 아이는 서로 어깨를 기대고 잠이 들었습니다.

"이런 맹랑한 녀석들, 얼마나 피곤했으면 잠을 다 잘까?"

떠드는 소리에 눈을 뜨니 순이 오빠였습니다.

홍이 아버지도 곁에 서 있습니다.

"어르신! 정말 고맙습니다."

순이 오빠와 홍이 아버지는 할아버지께

이 말을 몇 번이나 되풀이했습니다.

"아이들 너무 나무라지 마세요."

"어르신 덕분에 무사히 돌아와서 다행입니다."

순이 오빠가 몇 번이나 허리를 굽혔습니다.

"적은 돈이지만 담배나 사서 피우세요."

순이 오빠는 돈을 주려 했지만, 할아버지는 받지 않았습니다.

"날이 어두워졌으니 서둘러 가겠습니다."

순이는 오빠 등에 업혔습니다.

오빠의 넓은 등은 따뜻하고 편안합니다.

홍이는 아버지 등에 업혔습니다.

"할아버지, 오는 장날 우리 집에 과일 잡수시러 꼭 오세요!"

순이가 할아버지를 향해 소리를 지릅니다.

"오냐, 꼭 가마. 다음에는 식구들 모르게 먼 데 가서는 안 된다."

할아버지는 손을 흔들고는 바쁘게 가셨습니다.

다음 날 아침, 순이 오빠는 일본으로 떠났습니다.

일본에 간 오빠는 2년 전 가을에 돌아왔습니다.

"일본 관동 지방에 큰 지진이 일어났어요.

조선인들이 폭동을 일으켰다고 닥치는 대로 죽였어요."

오빠는 생각만 해도 끔찍하다는 듯이 몸서리를 쳤습니다.

"목숨이 위험하니까 일본에 다시 들어가서는 안 된다."

어머니는 오빠가 일본에 가는 것을 극구 말렸습니다.

오빠는 '화성소년회'라는 모임을 만들어 활동하느라 늘 바빴습니다.

"서울에 가서 소파 선생이 하는 일을 돕고 싶어요.

그분이 어린이를 위한 좋은 일을 많이 하거든요."

"그래. 몸조심하고, 가끔씩 편지라도 보내거라."

아버지, 어머니도 아들의 뜻을 꺾지 않았습니다.

"순이야, 넌 몸이 약하니 밥을 잘 먹어야 해.

글짓기를 잘하니까 글도 많이 쓰고."

오빠가 순이의 손을 잡아 주며 말했습니다.

"오빠, 서울 가지 말고 우리랑 함께 살면 안 돼?"

순이의 두 눈에 눈물이 그렁그렁합니다.

"나도 그러고 싶지만, 해야 할 일이 너무 많아.

오빠가 서울 갔다 올 때, 비단 구두 사 가지고 올게."

오빠는 마부가 끄는 말을 타고 수원역으로 향했습니다.

"뜸북 뜸북 뜸뜸북……."

논에서는 뜸북새가 구슬프게 울었습니다.

북쪽 하늘에서 기러기가 날아옵니다.

순이네 뒤뜰 감나무 잎이 붉게 물들어 갑니다.

과수원의 사과나무도 배나무도 잎을 모두 떨구었습니다.

기러기 울음소리가 들리고

섬돌 맡에서는 귀뚜라미가 슬피 웁니다.

'오빠! 왜 편지 한 장 보내지 않아?'

순이는 소식도 없는 오빠가 더욱 보고 싶습니다.

서울 쪽 하늘을 바라보는 순이의 두 눈에

눈물방울이 맺혀 있습니다.

# 오빠 생각

최순애


뜸북 뜸북 뜸북새

논에서 울고

뻐꾹 뻐꾹 뻐꾹새

숲에서 울제

우리 오빠 말 타고

서울 가시며

비단 구두 사 가지고

오신다더니

기럭 기럭 기러기

북에서 오고

귀뚤 귀뚤 귀뚜라미

슬피 울건만

서울 가신 오빠는

소식도 없고

나뭇잎만 우수수

떨어집니다.

《어린이》1925년 11월호

# 순이와 홍이를 통해 전하는 우리의 그리움

박상재

논밭이 펼쳐져 있는 너른 벌판, 노송과 능수버들이 울창한 숲. 논에서는 뜸부기가, 숲에서는 뻐꾸기가 우는 수원 화성 장안문과 화홍문 사이 마을에서 문학과 음악을 즐기는 한 소녀가 살았습니다. 불과 열두 살의 나이로 지금까지 한국에서 가장 오랫동안 사랑받아 온 시「오빠 생각」을 발표한 최순애 (1914~1998) 선생님입니다.

최순애 선생님이 당시 소년 문사들이 글솜씨를 뽐내던 잔치 마당 《어린이》 잡지에 「오빠 생각」 시를 발표한 시기는 1925년 11월이었습니다. 최순애 선생님은 출판사인 개벽사의 일로 서울에 자주 가서 소식도 없는 여덟 살 위의 신복 오빠를 그리워하며 「오빠 생각」을 썼습니다. 소녀는 서울 쪽 북녘 하늘을 바라보며 돌아오지 않는 오빠를 하염없이 기다렸지요.

서울로 올라간 오빠는 소파 방정환 선생님과 함께 어린이 운동을 펴는가 하면 《개벽》, 《소년》, 《어린이》 등의 잡지에 세계 명작을 번안하고 연재하는 일을 하며 뛰어난 편집자로 이름을 날렸습니다. 신복 오빠는 서울로 가면서 나중에 비단 구두를 사다 준다고 약속했지만 뜸북새와 뻐꾹새가 우는 봄, 여름이 지나 기러기와 귀뚜라미 우는 가을이 되어도 소식조차 없었습니다.

이 시에는 나뭇잎이 떨어지는 가을 언덕에서 오빠를 기다리는 어린 여동생의 안타까운 심정이 잘 드러나 있습니다. 날마다 학교가 파하고 집으로 돌아오면 산등성으로 올라갔던 최순애 선생님. 성벽을 따라 산길을 오르면 나지막한 산이 이어지고 솔숲이 우거져 사시사철 산새가 날아와 울었습니다. 산새의 울음 속에 섞인 여동생의 눈물이 이 시에 담겨 있습니다.

2025년은 「오빠 생각」이 탄생한 지 100주년이 되는 해입니다. 2025년 5월에는 수원 화성 인근에 「오빠 생각」 노래비가 세워집니다. 「오빠 생각」 탄생 100주년을 앞두고 이 책이 출간되어서 무척 기쁩니다. 이 그림 동화에서 나오는 순이가 바로 최순애 선생님이고, 홍이는 둘도 없는 순이의 단짝입니다. 두 친구의 수채화 같은 이야기가 국민 동요 「오빠 생각」을 즐겨 부르던 어른들에게는 뻐꾸기 노래 같은 그리움을 선사할 것입니다. 오늘을 살아가는 어린이들의 마음에는 그리움의 감성을 심어 주면 좋겠습니다.

글쓴이 박상재

전북 장수에서 태어났으며, 단국대 대학원 국문학과에서 문학박사 학위를 받았습니다. 1981년 《아동문예》 신인상에 동화 〈하늘로 가는 꽃마차〉가 당선된 후, 1983년 새벗문학상에 장편 동화가, 1984년 《한국일보》 신춘문예에 동화가 당선되었습니다. 초등학교에서 40여 년 동안 아이들을 가르치면서 활발한 창작 활동을 하여 황조근정훈장을 받았습니다. 한국아동문학상, 방정환문학상, 한정동아동문학상, 이재철아동문학평론상, PEN문학상 등을 받았으며, 《원숭이 마카카》, 《개미가 된 아이》, 《영웅 레클리스》, 《돼지는 잘못이 없어요》, 《꽃이 된 아이》 등 수많은 동화책과 《한국 창작동화의 환상성 연구》, 《한국 동화문학의 탐색과 조명》, 《동화 창작의 이론과 실제》, 《한국 동화문학의 어제와 오늘》 등의 연구서를 펴냈습니다. 현재 한국아동문학인협회 이사장, 국제PEN 한국본부 이사로 일하고 있습니다.

그린이 김현정

'현정 스미다'라는 뜻의 '스며들다'라는 예명을 쓰고 있습니다. 붓이 종이에 길을 만들면서 물감이 스며들어 그 색을 남기는 모습이 인상 깊어, 제 그림이 모두의 기억에 스며들기를 바라며 이 예명을 지었습니다. 12세 소녀 최순애 선생님의 순수함이 반영된 시 「오빠 생각」 또한 우리의 기억 속 어딘가 스며들어 '뜸북 뜸북 뜸북새' 소리만 들어도 어릴 때 따라 부르던 동요가 떠오릅니다. 이번 책에서는 오빠를 기다리는 소녀 순이의 안타까운 마음을 꾸밈없는 모습 그대로 순수하게 그려 냈습니다. 장면 장면의 빈 여백은 독자들에게 글을 읽으면서 생각할 수 있는 여유와 주인공의 감정을 느낄 수 있는 쉼표가 되길 바라 봅니다. 20년 가까이 동화 그림을 그려 왔고, 현재 개인전과 화실 운영을 함께하며 꾸준히 그림을 그리고 있습니다.

# 오빠 생각

1판 1쇄 인쇄 2024년 10월 18일
1판 1쇄 발행 2024년 10월 31일

글쓴이 박상재
그린이 김현정
펴낸이 김성구

책임편집 김초록
디자인 이영민
콘텐츠본부 고혁 양지하 이은주 류다경
마케팅부 송영우 김나연 김지희 강소희
제작 어찬
관리 안웅기

펴낸곳 (주)샘터사
등록 2001년 10월 15일 제1-2923호
주소 서울 종로구 창경궁로35길 26 2층(03076)
전화 1877-8941 | 팩스 02-3672-1873
전자우편 kidsbook@isamtoh.com | 홈페이지 www.isamtoh.com

ISBN 978-89-464-7470-3 73810

- 값은 뒤표지에 있습니다.
- 잘못 만들어진 책은 구입처에서 교환해 드립니다.

샘터 1% 나눔실천
샘터는 모든 책 인세의 1%를 '샘물통장' 기금으로 조성하여 매년 소외된 이웃에게
기부하고 있습니다. 2023년까지 약 1억 1,200만 원을 기부하였으며, 앞으로도 샘터는
책을 통해 1% 나눔실천을 계속할 것입니다.

제조자명: 샘터사  제조국명: 대한민국  제조년월: 2024년 10월 18일
대상 연령: 8세 이상  전화번호: 1877-8941  주소: 서울 종로구 창경궁로35길 26 2층
*KC 마크는 이 제품이 공통안전기준에 적합하였음을 의미합니다.
*주의: 책의 모서리에 다치지 않게 주의하세요.